VENTE

Des Vendredi 25, Samedi 26 et Lundi 28 Avril 1890

HOTEL DROUOT, SALLE N° 9

A DEUX

BIJOUX, DIAMANTS

ARGENTERIE, DENTELLES, ÉVENTAILS

TABLEAUX ANCIENS ET MODERNES

SCULPTURES

Gravures, Faïences, Bronzes

MEUBLES, TAPIS

EXPOSITION PUBLIQUE

Le Jeudi 24 Avril 1890. de 1 heure 1/2 à 5 heures 1/2

Mᵉ DUCHESNE	M. A. BLOCHE
COMMISSAIRE-PRISEUR	EXPERT
Successeur de Mᵉ ESCRIBE	*Près la Cour d'appel*
Rue de Hanovre, n° 6	Rue de Châteaudun, 25

PARIS — 1890

IMPRIMERIE MAULDE ET RENOU

A. MAULDE & Cie

IMPRIMEURS DE LA COMPAGNIE DES COMMISSAIRES-PRISEURS

Rue de Rivoli, 144

CATALOGUE

DE

BEAUX BIJOUX

Montés de Diamants, Pierres de couleurs, etc.

ARGENTERIE DE TABLE

DENTELLES ET ÉVENTAILS ANCIENS

TABLEAUX MODERNES

Pastels, Aquarelles, Dessins,

TABLEAUX ANCIENS, GRAVURES

Marbres, Terres cuites
Faïences, Porcelaines, Bronzes, Livre d'heures, Meubles
Tapis d'Orient, etc.

DONT LA VENTE AUX ENCHÈRES PUBLIQUES AURA LIEU

HOTEL DROUOT, SALLE N° 9

Les Vendredi 25, Samedi 26 et Lundi 28 Avril 1890

A DEUX HEURES

Mᵉ DUCHESNE	M. A. BLOCHE
COMMISSAIRE-PRISEUR	EXPERT
Successeur de Mᵉ ESCRIBE	*Près la Cour d'appel*
Rue de Hanovre n° 6	Rue de Châteaudun, 25

EXPOSITION PUBLIQUE

Le Jeudi 24 Avril 1890, de 1 heure 1/2 à 5 heures 1/2

PARIS — 1890

CONDITIONS DE LA VENTE

Elle sera faite au comptant.

Les Acquéreurs paieront, en sus des adjudica-tions, CINQ CENTIMES PAR FRANC applicables aux frais.

Aucune réclamation ne sera admise une fois l'adjudication prononcée.

A. MAULDE et Cⁱᵉ, imprimeurs de la Cⁱᵉ des Commissaires-Priseurs, rue de Rivoli, 144.　　400—5336

BIJOUX, DIAMANTS

OBJETS DE VITRINE

1 — Paire de Boutons d'oreilles, gros brillant entouré de brillants plus petits.

2 — Bague opale entourée de brillants.

3 — Belle Broche, branche de fleurs et feuillages avec pendilles, en brillants et roses.

4 — Broche branche de fleurs et feuillages, en brillants et roses.

5 — Paire de Boutons d'oreilles, montés chacun d'un brillant solitaire.

6 — Bague montée de six brillants et une opale.

7 — Bague montée d'un saphir entouré de brillants.

8 — Bague montée d'une émeraude et seize brillants.

9-10 — Deux Bagues montées chacune d'un brillant.

11 — Épingle feuille or émaillé, montée d'un brillant et de roses.

12 — Épingle feuille or émaillé, montée d'une perle et de roses.

13 — Jolie Croix montée de roses.

14 — Cœur monté de roses.

15 — Boutons d'oreilles, saphirs doublés entourés de roses.

16 — Bague marquise, perle entourée de brillants.

17 — Bracelet or émaillé vert, enrichi de perles, brillants et roses.

18 — Bracelet or, à feuillage émaillé bleu, monté
de six brillants.

19 — Bracelet or, monté de deux perles et d'éme-
raudes.

20 — Bracelet, modèle torsade et agrafe, avec pen-
deloque, en or émaillé vert, enrichi de brillants et de roses.

21 — Bracelet souple en or et Plaque en or émaillé, ornée de deux camées coquilles, pouvant
s'adapter au bracelet.

22 — Bracelet gourmette avec médaillon.

23 — Broche camée dur, monture or émaillé,
enrichie de quarante perles.

24 — Broche émail peint, jeune fille jouant avec
l'amour, monture or, enrichie de rubis.

25 — Broche camée, tête de bacchante.

26 — Broche et paire de Boutons de manchettes,
ornés de corail et de roses.

27 — Paire de Pendants d'oreilles en turquoises
et roses.

28 — Chaîne américaine or et platine, enrichie de
perles blanches et grises.

29 — Montre de dame, style Louis XV, mouvement à remontoir, de Ch. Oudin.

30 — Bague camée entouré de roses.

31 — Jolie Montre Louis XVI, en or ciselé et émaillé, enrichie de brillants et de roses.

32 — Montre en or émaillé, mouvement à répétition.

33-36 — Quatre autres Montres en or.

37 — Châtelaine en argent doré, style Louis XV.

38 — Paire de Pendants d'oreilles, argent doré et strass.

39 — Plaque de Décoration, premier Empire, en argent.

40 — Plaque de Décoration, Restauration, argent, or et émail.

41 — Tabatière or ciselé.

42 — Divers Bijoux en or.

43 — Bague or et camée tête d'homme.

44 — Broche émail et pierres de couleur.

45 — Broche cristal et dragon émaillé.

46 — Bénitier avec croix en agate, monté en argent ciselé.

47 — Petit Cartel supporté par un éléphant en argent doré et émaillé.

48 — Broche Miniature tête de jeune femme.

49 — Fume-Cigares en filigrane d'argent.

5o — Médaillon en or, avec miniature Portrait d'homme.

5ı — Miniature ronde, Portrait de femme.

ARGENTERIE

52 — Deux Seaux à glace, argent ciselé, à quatre pieds, à sphinx ailés, anses à mufles de lion.

53 — Sucrier argent ciselé, à figures de Bacchus, anses à têtes d'hommes; intérieur en cristal taillé.

54 — Soupière ovale, avec couvercle argent ciselé.

55 — Deux Légumiers avec couvercles argent
ciselé.

56 — Plat ovale en argent, bords à contours ciselés.

57-58 — Quatre Plats ronds argent, bords à contours ciselés.

59 — Deux autres Plats plus petits.

60 — Saucière sur plateau argent ciselé.

61 — Porte-Huilier argent doré, avec buretes cristal taillé.

62 — Cafetière godronnée, argent ciselé.

63 — Douze Cuillers à café en vermeil ciselé.

64 — Neuf Fourchettes à huîtres, une Écuelle à
poisson, une Cuiller en argent et ivoire.

65 — Salière formée par deux baquets posés sur
une échelle.

66 — Un Réchaud ovale et six Réchauds ronds
avec cloches en plaqué.

67 — Service de fumeur en métal argenté et gravé.

68 — Diverses Pièces en argenture : Légumier,
Beurrier, Tasse et Soucoupe, Réchauds.

DENTELLES

69 — 2ᵐ60. Point d'Alençon.

70 — Deux Barbes point d'Alençon.

71 — 3ᵐ95. Point d'Alençon.

72 — 1ᵐ85. Point d'Alençon (en deux Dessins).

73 — Un entourage de Mouchoir point d'Alençon.

74 — Deux Quilles deux morceaux de Quilles et quatre mètres, point d'Alençon.

75 — 3ᵐ05. Dentelle (3 coupes) et deux morceaux de Barbe.

76 — 15ᵐ85. Application (9 coupes).

77 — 19ᵐ40. Application (en 7 coupes).

78 — 5ᵐ. Angleterre, fleur de point.

79 — 6ᵐ. Angleterre (en 5 coupes).

80 — 8ᵐ75. Malines (6 coupes) et deux Manchettes.

81 — Sept Mouchoirs garnis.

82 — Un Fichu point d'Angleterre.

83 — 8^{m}10. Valenciennes (4 coupes).

84 — 4^{m}90. Malines (2 coupes).

85 — 5^{m}70. Angleterre (4 coupes).

86 — Une Écharpe et trois Voilettes en application, et trois Fichus bretons.

87 — Trois Barbes et trois Cols.

88 — 12^{m}85. Malines (4 coupes).

89 — 15^{m}65. Valenciennes.

90 — Quatorze Pièces dentelles.

91 — 3^{m}15. Angleterre, fleur de point (2 coupes).

92 — 2^m. Angleterre.

93 — 3^{m}35. Point d'Alençon Louis XIV.

64 — 8^{m}80. Valenciennes.

95 — 9^{m}30. Valenciennes.

96 — 3^{m}30. Malines

97 — 3^m. Guipure Louis XIII (2 coupes).

98 — Trois Mouchoirs et quatre Morceaux.

99 — 4^m70. Un Volant Chantilly noir.

100 — 7^m85. Deux Volants Chantilly noir.

101 — 5^m90. Deux Volants Chantilly noir.

102 — Une Pointe Chantilly noir.

103 — 10^m15 et une Voilette Chantilly noir.

104 — Un Fichu Chantilly noir.

105 — Robe en mousseline brodée.

106 — Robe en tulle.

ÉVENTAILS

107 — Éventail de mariage, époque Louis XVI, représentant un accouplement de médaillons, portraits de jeunes femmes et de jeunes seigneurs couronnés par l'Amour et des trophées allégoriques rehaussés de broderies à paillettes. Monture en ivoire relevé d'or.

108 — Très bel Éventail, époque Louis XVI, représentant des objets champêtres dans des médaillons, des bustes de personnages et des vases de fleurs sur des gaînes enguirlandées de paillettes. Monture en nacre sculptée et rehaussée d'or à petits personnages et volatiles.

109 — Bel Éventail, époque Louis XVI, représentant une offrande à Diane ; composition de nombreuses figures mythologiques. Monture en ivoire rehaussé d'or avec bustes de personnages et vases de fleurs.

110 — Éventail, époque Louis XV, représentant une scène allégorique : Présentation d'armes et de bijoux à une reine. Monture en ivoire sculpté à figures et rocailles.

111 — Éventail, style Louis XV, représentant des scènes champêtres et des marines dans des cartels à rocailles. Monture en nacre rehaussée d'or.

112 — Éventail Louis XVI, feuille à trois médaillons, sujets champêtres et allégoriques. Monture en nacre rehaussée d'or.

113 — Éventail Louis XV, décor à sujets champêtres dans des cartels à rocailles. Monture en ivoire décoré et relevé de paillons.

114 — Bel Éventail, époque Louis XVI, offrant des médaillons à sujets allégoriques et à bustes de personnages, peints à la gouache sur soie, encadrés de paillettes. Monture en ivoire finement sculpté à jour avec sujet genre Watteau, figures d'amours et ornements.

115 — Éventail, époque Louis XVI, représentant dans un médaillon le concert champêtre. Monture en ivoire rehaussé d'or.

116 — Éventail Louis XV, représentant une grande scène de festin, composition de nombreuses figures. Monture en ivoire sculpté à figures et animaux.

117-119 — Trois Éventails Louis XVI, feuilles à sujets bibliques et champêtres.

TABLEAUX ET DESSINS MODERNES

ANDRIEUX

120 — Intérieur breton (Sépia).

BAUGNIET (Charles)

121 — Jeune Italienne.

BERTRAND (James)

122 — Diane.

BIDA (Alexandre)

123 — Les deux Amis (Dessin).

BISSON (Édouard).

124 — Au bord de la mer.

BOGOLUBOFF

125 — Pont d'Auvers (Seine-et-Oise).

BOMBLED (Charles)

126 — Une Amazone.

BRAEKELER (Adrien de)

127 — La Lecture de la Gazette.

BRISPOT (Henri)

128 — En attendant la Messe.

BUSSON (Charles)

129 — Paysage.

CASILE (Alfred)

130 — Paysage.

CASTIGLIONE (Joseph)

131 — Tête d'homme (Dessin à la plume).

CERAMANO (Charles-Ferdinand)

132 — Moutons allant boire.

CLARCHIES (de)

133 — Scène de l'histoire de Catherine de Médicis (Aquarelle).

COLLIN (Raphael)

134 — Paysage (Étude).

BRAGER (Durand)

135 — Marine : Navire doublant un Cap.

136 — Marine : Entrée du Port de Marseille.

DUTZSCHOLD (Henri)

137 — Honfleur (Étude de Paysage).

ETEX (Antoine)

138 — Portrait de Fréd. Sauvage, inventeur de l'Hélice.

GALLAIT

139 — Portrait de Léopold Iᵉʳ, roi des Belges (Esquisse).

GELIBERT (Jules)

140 — Pas Partageux.

GRIVOLAS (Antoine)

141 — Fleurs flétries.

HARLAMOFF (Alexis)

142 — Jeune Fille (Dessin à la plume).

JOLIVARD

143 — Pâturage.

144 — Rochers et Cascade.

LAVAUDEN

145 — Le petit Marchand d'oiseaux.

(Collection de la duchesse de Berri).

LE BLANT

146 — Sous la Tonnelle.

LENFANT DE METZ

147 — Enfants rapportant des fleurs.

LEVIGNE

148 — Paysage : Coucher de soleil.

149 — Paysage avec Figures et Animaux.

150 — Tête de Femme.

MARÉCHAL DE METZ (Charles-Laurent)

151 — Un Bohémien (Pastel).

MATIFAS (Louis)

152 — Paysage.

MORIN (Édouard)

153 — Vue de Dampierre (avril) (Aquarelle).

NICOT (Mlle Eléonore)

154 — Un Eventail (Aquarelle).

NIEDERHAUSERN-KŒCHLIN (Fr.-L. de)

155 — Environs de Lutterbach, près Mulhouse, (Alsace).

156 — Le Soir (Fusain).

POINTELIN (Auguste)

157 — Le Soir (Pastel).

RUDDER (de)

158 — Rixe après une partie de cartes.

SALMSON (Hugo)

159 — Dame de la Cour de Louis XVI.

SMITH-HALD (Frithjof)

160 — Souvenir de Norvège (Pastel)

STEWART (Jules)

161 — La Lecture (Pastel).

TCHOUMAKOFF

162 — Alsacienne.

THOREN (Otto de)

163 — Cour de Ferme.

VALADON (Jules)

164 — Paysanne romaine.

VAN DER JAGT

165 — Gibier mort (Très belle aquarelle, d'après Weenix).

TABLEAUX ANCIENS

VAN BLOEMEN (Attribué à)

166 — Paysage avec figures.

DIETRICH (Attribué à)

167 — La Passerelle.

ÉCOLE FLAMANDE

168 — L'Amende honorable.

169 — Le Triomphe de l'Enfant Jésus.

170 — Portrait de femme à collerette.

ECOLE FRANÇAISE

171 — Une Chasse.

172 — Quatre Paysages dans le genre de Claude Lorrain.

173 — Portraits d'hommes et de femmes, en costumes du XVIIIe siècle, cadres bois sculptés

HEEM (Attribué à DAVID DE)

174 — Pêches sur un plateau.

ÉCOLE ITALIENNE

175 — Enlèvement des Sabines.

176 — Le Sommeil de l'Enfant Jésus.

LANCRET (Attribué à NICOLAS)

177 — Portrait de Mme de Pompadour.

LANFRANC (Attribué à)

178 — Sujet religieux, belle esquisse.

LIBERI (Attribué au Chevalier PIETRO)

179 — L'Enlèvement d'Europe.

MENGS (Attribué à RAPHAEL)

180 — Portrait de Goldoni.

PORPORA (Attribué à PAOLO)

181 — Nature morte, Poissons de la baie de
Naples (Vigoureuse peinture).

REYNOLDS (Attribué à Sir Josuah)

182 — Portrait de l'acteur Garrick.

SALVATOR ROSA (Attribué à)

183 — Paysages avec figures, campagne romaine, ruines de la Porta Furba.

~~~~~~~~~~

184 — **A. de Dreux** (École d'). Piqueur à cheval.

185 — **A. de Dreux** (École d'). Étude de cheval.

186 — **De la Mare.** Deux Paysages ovales.

187 — **École flamande.** Chèvres.

188 — **École flamande.** Intérieur de cabaret.

189 — **École flamande.** Vierge et Enfant Jésus.

190 — **École française.** Femmes au bain.

191 — **École française.** Tête d'Enfant (Dessin).

192 — **École hollandaise.** Plat d'Huîtres, Cruchons et Verres sur une Table.
~~~~~~~~~~

193 — **École moderne.** Aux Tuileries (Militaires
et Bonne d'Enfants).

194 — **École moderne.** Odalisque.

195 — **École moderne.** Paysage, effet de nuit.

196 — **École moderne.** Petit Paysage ovale.

197 — **École moderne.** Baigneuses surprises
(Gouache).

198 — **École moderne.** Petit Paysage (Sépia).

199 — **École moderne.** Paysage (Manière de
Corot).

200 — **École moderne.** Projet de décoration pour
le Palais de l'Industrie.

201 — **Maldarelli.** La Vierge en prière.

202 — **Minderhout.** Vue de ville avec canal.

203 — **Ostade** (École de). Intérieur de cabaret.

204 — **Singry.** Portrait de Femme à l'aquarelle.

205 — **A. de Valanglart.** Arabe au repos (Pastel).

206 — **Watteau.** Dessin à la sanguine.

207 — **Watteau** (D'après). La Danse.

GRAVURES

208 — **Champollion** (D'après Watteau). L'Embarquement pour Cythère (Eau-forte).

209 — **Dubouchet** (D'après Baudry). Terpsichore (Burin).

210 — **Lamotte** (D'après Léopold Robert). Bevendo (Burin, épreuve Japon avant la lettre).

211 — **Lamotte** (D'après Murillo). L'Assomption (Burin, épreuve d'artiste).

212 — **Levasseur** (D'après Poussin). Le Ravissement de Saint Paul (Burin, épreuve avant la lettre).

213 — **Levasseur** (D'après P. de Hooge). Intérieur hollandais (Burin, épreuve avant la lettre).

214 — Gravure à la sanguine : la Main chaude.

215 — Quatre Gravures d'après N. Poussin.

SCULPTURES

216 — **Chatrousse** (Em.). La Comédie. Statuette
terre cuite).

217 — **Delorme** (J.-A.). La Poésie. Statuette marbre. — Hauteur 0^{m}64.

218 — **Dubray** (Vital-Gabriel). Denis Papin (Statuette, plâtre coloré).

219 — **Etex** (Antoine). Fréd. Sauvage, inventeur
de l'hélice (Buste plâtre).

220 — **Gautherin** (Jean). Sourire au printemps
(Buste marbre).

221 — **Lemaire** (Hector). Frère et Sœur (Deux
bustes terre cuite).

222 — **Lemaire** (Hector). Vieille femme de Son-
nino (Buste terre cuite).

223 — **Marqueste** (L.-H.). Angelo Cappana (Buste
terre cuite, unique).

224 — **Mignon** (Léon). Paysanne romaine (Buste
terre cuite).

225 — **Paris** (Auguste). Tête de Bara (Buste plâtre coloré, première épreuve).

226 — **Steüer** (B.-A.). Ode funambulesque (Groupe terre cuite).

227 — Bas-Relief en terre cuite : Catherine de Médicis recevant les délégués des Huguenots.

228 — Christ en ivoire sculpté.

LIVRE D'HEURES, PORCELAINES, FAIENCES BRONZES, OBJETS DIVERS

229 — Livre d'heures, édité par Louis Janet, orné de figures et ornements en couleurs. On y a ajouté plusieurs miniatures sur vélin et diverses suites de gravures de L. Gautier, V. Solis, Aldtorfer, etc. Reliure en velours grenat montée en cuivre enrichie de deux bas-reliefs et d'une figurine en ivoire sculpté.

229 *bis* — Joli Groupe en biscuit de Sèvres représentant des enfants s'amusant à faire arrêter un chien sur un lapin. Sur socle rond également en biscuit de Sèvres décoré d'un basrelief représentant des jeunes filles s'exerçant au tir.

230 — Service à thé en porcelaine décorée, composé de six Tasses avec Soucoupes et cinq grandes Pièces.

231 — Service à thé en porcelaine décorée de paysages, composé de six Tasses avec Soucoupes, une Théière, un Sucrier.

232 — Cinq Assiettes en faïence de Marseille, décor à fleurs.

233 — Quatre autres, décor d'oiseaux et de fleurs.

234 — Trois autres, décor d'oiseaux et de fleurs en vert.

235 — Deux Plats et trois Assiettes en faïences diverses.

236 — Plat en faïence italienne, décor à reflets métalliques; sujet historique.

237 — Deux Vases en porcelaine de Chine, décor à figures, fleurs et oiseaux.

238 — Deux Plats en faïence de Moustiers.

239 — Soupière faïence de Moustiers, décor jaune.

240 — Deux Consoles d'applique en faïence italienne.

241 — Grande Cuvette en porcelaine de Chine.

242 — Coupe Porte-Bouquet en cristal et bronze.

243 — Petite Pendule écritoire.

244 — Calendrier perpétuel en bois sculpté, avec petite Pendule.

245 — Groupe en bronze, attributs de l'Empire Ier.

246 — Presse-Papiers Sphinx en bronze, style Louis XV.

247 — Petit Groupe en bronze : jeune fille et garde française.

248 — Jumelle de l'ingénieur Chevallier.

249 — Petite Lorgnette en écaille.

250 — Télescope de Van der Bilt, avec son support.

251 — Deux Flambeaux Louis XV, en cuivre.

252 — Deux Vases à couvercles, pieds à sphinx, en métal argenté.

253 — Vase tripode en bronze du Japon.

254 — Beau Canon en acier, monté sur affût, avec ses accessoires.

255 — Pendule en bronze doré du temps de l'Empire.

256 — Paire de Candélabres en bronze doré, même Époque.

257 — Bas-relief en bronze, sujet allégorique.

258 — Vitrail : Vierge en prière.

MEUBLES, ÉTOFFES, TAPIS

259 — Commode Louis XV, ornée de bronze.

260 — Pendule Louis XV en marqueterie, ornée de bronze, avec son support.

261 — Baromètre Louis XVI en bois sculpté et doré.

262 — Deux Étagères d'applique en bois rose.

263 — Guéridon en laque avec peintures : Femmes au bain.

264 — Canapé pliant en bois noir, façon bambou, recouvert en velours rouge et vert brodé.

265 — Vitrine Louis XVI, acajou à canaux de cuivre.

266 — Canapé capitonné en soie brochée.

267 — Tapis en toile brodée.

268 — Plusieurs Tapis et Carpettes d'Orient.

269 — Étoffes diverses de provenance orientale.

270 — Nombreux Objets de curiosité non catalogués.

271 — Quelques Meubles.